Geoffroy de Pennart

Le loup est revenu !

W0248080

kaléidoscope
l'école des loisirs
11, rue de Sèvres, Paris 6e

Ce soir, monsieur Lapin a peur d'aller se coucher.
Il vient de lire dans son journal
une nouvelle terrifiante ! LE LOUP EST REVENU !

Monsieur Lapin
se précipite
pour fermer la porte
à double tour
quand soudain :
« TOC ! TOC ! TOC ! »
« Oh, mon Dieu !
C'est LE LOUP ! »

TOC !
TOC !
TOC !
MA RECETTE

« OUVRE !
OUVRE VITE !
DÉPÊCHE-TOI !
C'est nous,
les Trois Petits Cochons.
S'il te plaît,
monsieur Lapin,
laisse-nous entrer.
Nous avons
terriblement peur.
LE LOUP
EST REVENU ! »
« Entrez, mes amis,
entrez », leur dit
monsieur Lapin,
soulagé.

LE TIRE-BOUCHON
LE LOUP REVIENT DANS LA RÉGION!
"J'ARRIVE"
"JE VAIS RENDRE VISITE À MON AMI LE LAPIN!"

À peine la porte est-elle refermée que soudain :
« TOC ! TOC ! TOC ! »
« Aïe, aïe, aïe ! voici LE LOUP ! »

« C'est moi, madame Chèvre avec mes sept petits chevreaux. Nous venons nous réfugier chez toi. Connais-tu l'affreuse nouvelle ? LE LOUP EST REVENU ! »
« Entre ma bonne amie, entre avec tes petits », répond monsieur Lapin, rassuré.

JE FAIS DE LA
GYMNASTIQUE TOUS LES JOURS!!

Toute la famille s'installe et soudain :
« TOC ! TOC ! TOC ! »

« Est-ce LE LOUP qui frappe de la sorte ? »

« C'est moi,
Petit Agneau.
J'étais en bas
près du ruisseau.
Mais je ne peux pas
rentrer chez moi.
LE LOUP
EST REVENU ! »
« Entrc vitc,
Petit Agneau,
lui dit
monsieur Lapin.
Viens te réchauffer. »

4
2
3
7

J'AI TOUJOURS
FAIM!

Petit Agneau s'installe près du feu, mais soudain :
« TOC ! TOC ! TOC ! »

« Cette fois-ci, c'est sûrement LE LOUP ! »

« C'est moi, Pierre. J'ai désobéi à Grand-Père. Je vais chasser le loup. Vous savez ? IL EST REVENU ! L'avez-vous vu ? Est-il chez vous ? »

« Non, non, répond monsieur Lapin, et nous espérons bien ne jamais le voir. Mais entre donc, Pierre. Sois le bienvenu. »

3
4
2
5
1
6
7

Petit Pierre se joint aux autres et soudain :
« TOC ! TOC ! TOC ! »

« C'est peut-être le loup ! »
s'écrie Pierre avec enthousiasme.

« C'est moi,
Petit Chaperon rouge.
Ouvre-moi, Grand-Mère.
Je t'apporte des galettes
et un petit pot de beurre. »
« Tu te trompes de maison,
Petit Chaperon rouge,
lui dit monsieur Lapin.
Ta grand-mère a déménagé.
Mais entre vite. Il ne faut pas
te promener dans le bois.
LE LOUP EST REVENU ! »

MÈRE
GRAND

« Et si nous en profitions pour dîner ? »
propose alors monsieur Lapin.
Tous trouvent l'idée excellente et très vite
un délicieux repas est préparé.

5
6

7

Les amis se mettent à table quand soudain :

BOUM !

BOUM !

BOUM !

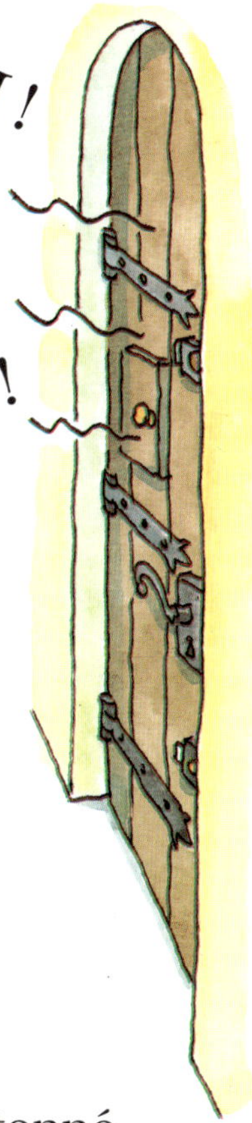

« Tiens, dit monsieur Lapin, l'air étonné. Nous n'attendons plus personne ! »

C'est LE LOUP. Il a très très faim !

Mais à peine le loup a-t-il fait un pas que lapin, cochons, chèvre, chevreaux, agneau, Pierre et Chaperon rouge se jettent sur lui.

Le loup est à terre et monsieur Lapin prend la parole.
« LOUP, NOUS N'AVONS PLUS PEUR DE TOI !
Mets-toi bien ça dans la tête. »
Puis il ajoute : « Mais si tu promets d'être gentil
et de nous raconter des histoires de loup qui font peur,
alors, nous t'invitons à dîner avec nous. »

3
4

Et c'est ainsi que ce soir-là, autour d'une table
bien garnie, chez monsieur Lapin,

LE LOUP EST REVENU !

Pour Lucie, Sophie et Alexis

©1996, l'école des loisirs, Paris, pour l'édition en *lutin poche*
© 1994, Kaléidoscope
Loi n° 49.956 du 16 juillet 1949 sur les publications
destinées à la jeunesse : septembre 2004
Dépôt légal : août 2009
Imprimé en France par Pollina à Luçon, n° 51380
ISBN 978-2-211-03749-5